龍城雲集

009藩

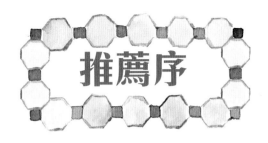

推薦序

009，最初聽到他的名字，第一個印象是日本漫畫家石森章太郎筆下的角色「009」，而開始留意他！喜歡他的漫畫，因為與一向的港式漫畫不同，所以自己也厚着面皮去邀請他合作授權，而且取得不錯的成績！

這次獲他邀請為此書寫序，受寵若驚，因為從未試過寫推薦，正在猶豫之間，看到他傳送來的內容，馬上勾起了兒時在婆婆家的回憶……

當時婆婆住在嘉林邊道，我一直奇怪，為甚麼婆婆對飛機低飛的巨響一點反應都沒有？但我細細聲的「駁嘴」，她卻聽得清清楚楚！

009筆下昔日的九龍城，我自己十分喜歡，所以非常想推薦大家！

謝謝你，009老師！

How2work創辦人
李浩維

前言

相隔三年再一次出書，期間不是沒有機會出書，亦有幾次跟朋友合著出版。但總覺得要寫、畫一本書真的不容易，甚至是痛苦的經歷，每次出書都要徹夜繪畫、想點子、寫文字、趕限期，當中所花的心神和時間，不是三言兩語能解釋，簡直是燃燒生命！偏偏在香港這座城市，大部分人都只玩手機，習慣即食文化，耐性實在少得可憐，看書的人更加少之又少，而且這種情況更有惡化的趨勢，所以再次出版一本新書前，會衡量是否值得投入這麼多的精神力量呢？

為甚麼要出版《龍城雲集》呢？其實這個想法早已在我的腦內縈繞很久，今次跟我以往出版的類別很不同。過往出版的書都以漫畫和繪本為主，某程度上都是為了自身的理想，寫的是相對商業的作品，這些年間嘗試過不少事情，但到了近年心裏漸漸萌生一個念頭，很想為我成長的社區——九龍城——做一些有意義的事情，回饋這個正在急速轉變、擁有獨特的歷史背景、濃厚的地區色彩，而且充滿人情味的地方，作一個回憶，甚至算是一個時代的記錄。

在開始製作這本書的時候面對很多困難，資料實在不好找，書中不少所寫所畫的事物已經不存在。以前還未有數碼相機的年代，九龍城的居民都不算富庶，拍攝一張照片都價值不菲，顯得很珍貴，大多是慶祝生日或新年的時候才會拍下一、兩張家庭照，很少像現在那麼普及，拉麵、黃昏、玩具等甚麼都影下來。過程中，資料搜集都花了不少工夫，舊時有些景點的參考很難找到，但也有不少景物根本不用資料參考，早已烙印在我的腦海中，永不磨滅。

為了搜集資料，曾經回老家找小時候的照片、問家人，也曾到書店、圖書館、互聯網等等搜尋參考資料。漸漸開始有一個想法：很困難，但換個角度想了想，正因為從來沒有人做過這些資料記錄，這本書就更值得做，更要做好。例如一個在一九九七年以後出生的人是很難想像在鬧市中心有一個飛機場，飛機每分每秒隨時在頭上飛過，震耳欲聾，更莫說知道傳說中的三不管地帶——九龍城寨了。這本書正好可以令人懷緬過去，也能夠給新一代認識更多香港舊時的面貌。

這本書能順利出版真的要感謝三聯書店，如我上文提及計劃出版《龍城雲集》的概念已構思了好一段時間，當中我接洽過好幾間出版社都遭到拒絕，所以我特別感謝三聯，讓我這個「九龍城人」能完成這心願，而我認為這本書絕對是我傾盡全力製作的作品。因為有愛的存在，所以有溫度，「她」絕對有存在的意義和價值！

衞前圍道

衞前塑道

侯王道

獅子石道

嘉林邊道

聯合道

福佬村道

南角道

太子

啟德機場

龍城寨

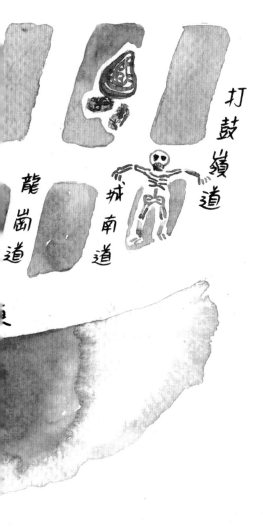

打鼓嶺道

龍崗道

城南道

目錄

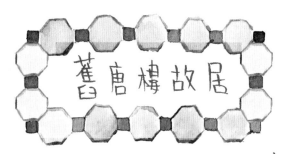

舊唐樓故居

從我有記憶以來到八歲左右，就住在
福佬村道的一幢唐樓，這幢唐樓樓高
六層，一梯十二伙，沒有電梯。我們
租住在四樓一個千多呎的單位的其中
一間房，而我爸爸其實是二房東，即
是向大業主租下整個單位，然後把其
餘每間房再分租給其他人，那些小房
子當時亦稱之為「板間房」。

這個單位一共分租給五個小家庭共
用，回想起實在有點不可思議！五家
人（包括我們一家）共用一個電話、
一個廁所和一個廚房而不起衝突，
實在難能可貴。

因為我家是二房東，順理成章選了
一個相對大的房子，其實應該是
大屋的偏廳，而所謂大，其實
也只有一百二十呎左右，請朋友
用木板把它再一分為二，分
別變成一個小客廳和睡房。

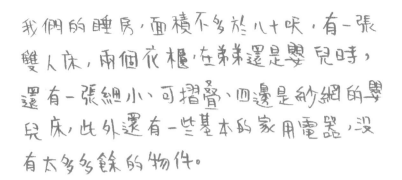

我們的睡房，面積不多於八十呎，有一張雙人床，兩個衣櫃，在弟弟還是嬰兒時，還有一張細小、可摺疊、四邊是紗網的嬰兒床，此外還有一些基本的家用電器，沒有太多多餘的物件。

當弟弟長大後，再沒有睡在嬰兒床，我們一家四口便以一個「田」字形的排列，一起睡在雙人床，有一點擠，但還可以，因為我和弟弟都還小，不佔太多空間。只是有時睡到半夜，會嗅到一陣陣像鹹魚的味道，原來是爸爸的腳疊在我的面上，回想起來有一點難以置信，不過也倒是一個溫馨的場面。

插圖是我跟着舊照片畫的，不知何來一把結他，因為只有四條弦線，有可能是 ukulele，當然只是伴裝拍照。長大後也有彈過結他，但還是覺得沒有太大天份，反而弟弟對樂器演奏有一點天資，他懂得彈結他、吹口琴，還會彈鋼琴，雖然只是屬於興趣性質，但我覺得這樣也很不錯。

大屋除了廁所和廚房，就只有這個大廳是大家共用的空間。這裏有全屋唯一的電話，無論打電話給誰都是用這個電話，當電話響起，一般都由我爸爸接聽（如果他在的話），之後再叫其他住戶聽電話，其實因為日間大家都上班去，用電話的人也不多。

有一個印象很深刻的記憶，隔壁年輕的陳生（爸爸叫他做「陳仔」）與陳太剛誕下一名女嬰，在一個星期天，陳生幫她用紅A盆子在大廳洗澡，也許是不想弄濕房間地板吧，我和弟弟在好奇心驅使下，看着她洗澡。不知為何到了現在，這情景在腦海中依然十分清晰，可能是第一次見到女生洗澡吧……哈哈哈，同時亦反映鄰里關係非常密切。

廚房是五伙租客
共用的,有三個石油氣爐,一
個屬於尾房獨居婆婆的火水爐,相信我們
這一代是最後見過家用火水爐的人了,而有一家人
完全沒有爐頭,也沒有煮食工具。

雖然設備一應俱全，但實際上很少有機會幾伙人一起煮食，因為通常大家都有一個共識，如果你家在煮飯，我家就晚一點才煮，形式如同用廁所洗澡一樣，想起來也匪夷所思，每晚一共十多人輪流洗澡，卻完全沒有投訴。

我們平日不會下廚，最多也只在週日才會煮飯吃，因為父母要上班，而我放學後到外婆家吃完飯才回來。當然也有試過兩三家人一同煮食，雖然大家都不會煮「九大簋」，最大原因是不懂煮複雜的菜式，通常只是炒青菜、煎午餐肉就做成一頓飯，但其場面倒也很壯觀，煙霧瀰漫，七手八腳，像在打架一樣。

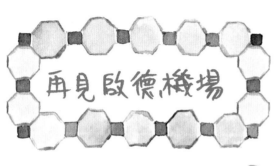

再見啟德機場

唐樓六樓的天台
是開放的,爸爸晾
曬衣服會到天台,有
時我和弟弟也跟隨一起
上去。這裏看到藍藍的天
空,吹着微風,那時我會問
爸爸,天空到底有多高,但我
已經忘記爸爸是如何回答了。

唐樓剛好位於飛機航道旁，當有飛機飛過的時候，會發出隆隆巨響，整座樓都感到震動，天空好像會塌下來似的。飛機與天台感覺非常近，好像跳起就會觸摸到飛機一樣。當正值黃昏，整個畫面都染上金黃色，成為一幅相當漂亮的圖畫，深深刻進我腦海。

隨後，在我就讀小學二年班的時候，因為大廈整幢業權被賣掉者拆，被新業主迫遷，最後無奈搬到聯合道新居，跟這個充滿回憶和人情味的地方說再見了。

相信九十後都知道，在九龍城對出、現在的啟德郵輪碼頭從前是香港啟德機場的跑道，直到香港回歸後的一九九八年才正式把機場搬遷到赤鱲角，正式完成它的歷史使命。縱使知道歷史背景，但卻很難想像當時的真實情景，就如我們知道從前香港有過戰爭的歲月，從家中的長輩口中聽聞過當中的艱苦時期，但還是很難有深刻的感受一樣，因為這種事需要第一身去感受和經歷才會明白。

當時啟德機場被喻為其中一個世上最難降落的機場，因為機場與九龍城民居只有一街之隔，絕對是對機師駕駛技術的一個重大考驗！

而身為當時住在九龍城的居民，常常會有人問，你們不覺得很吵嗎？我們都會回答：不會，已經習慣了。而事實上，在白天的時候大約相隔七至八分鐘就會有一架飛機在上空飛過，而且是非常接近的低飛。飛過的時候除了發出隆隆巨響之外，整間屋都會震盪，甚至聽得見玻璃杯因震動而互相碰撞的聲音，但我們真的習慣了，或者可能是長期被噪音疲勞轟炸的關係，除非是刻意留意，基本上不會覺得是甚麼一回事。但有一件事可以肯定，就是一般在九龍城生活的人說話都會比較大聲。

以前坐飛機是一件大事，不像現在很多人坐飛機如坐巴士一樣。當有人要坐飛機時，會有很多親友送機，那時坐飛機較少是旅行，大多數都是出國留學，又或者因為正值九七前的移民潮，舉家移民。

所以在啟德機場的離境大堂常
常瀰漫着一種離愁別緒的氣
氛,那時會看到一家人跟另
一家道別,小情侶依依不捨
地擁吻。因為以前互聯網
還未普及,而長途電話亦
不便宜,所以要再聽到對
方的聲音都不是易事,昔日
這種分離的傷感場面,現在
在赤鱲角機場已較少見了。

入境大堂跟離境大堂剛好相反。

入境大堂的設計是當乘客離開禁區領取行李後，有一條長的斜道，乘客就沿着斜道推着行李車出來，而親友在兩旁夾道歡迎，好像太空人從月球凱旋歸來一樣，好不熱鬧！

可能是從小就看到很多飛機升降的關係,所以一直都 很喜歡飛機,總覺得飛機有帶着夢想、穿過種種困難往天空飛的感覺。這些都是九七前在啟德機場出現過的不同航空公司 的飛機。

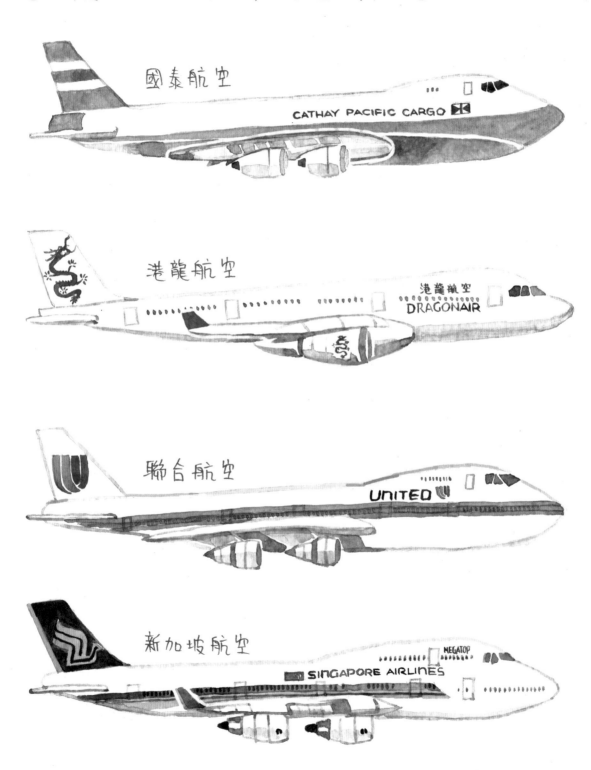

國泰航空

CATHAY PACIFIC CARGO

港龍航空

港龍航空
DRAGONAIR

聯合航空

UNITED

新加坡航空

MEGATOP

SINGAPORE AIRLINES

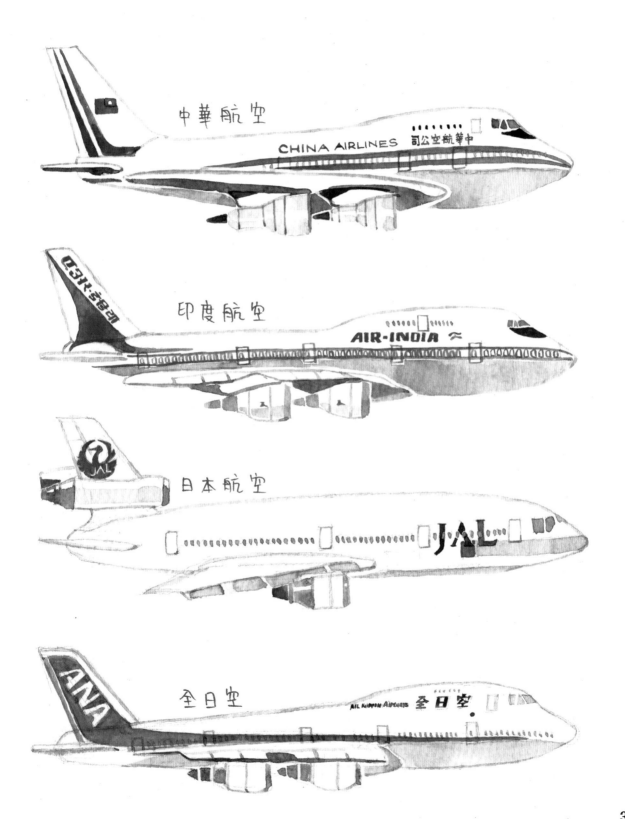

中華航空

印度航空

日本航空

全日空

瑞士航空

KLM
asia
荷蘭皇家航空

法國航空

英國航空

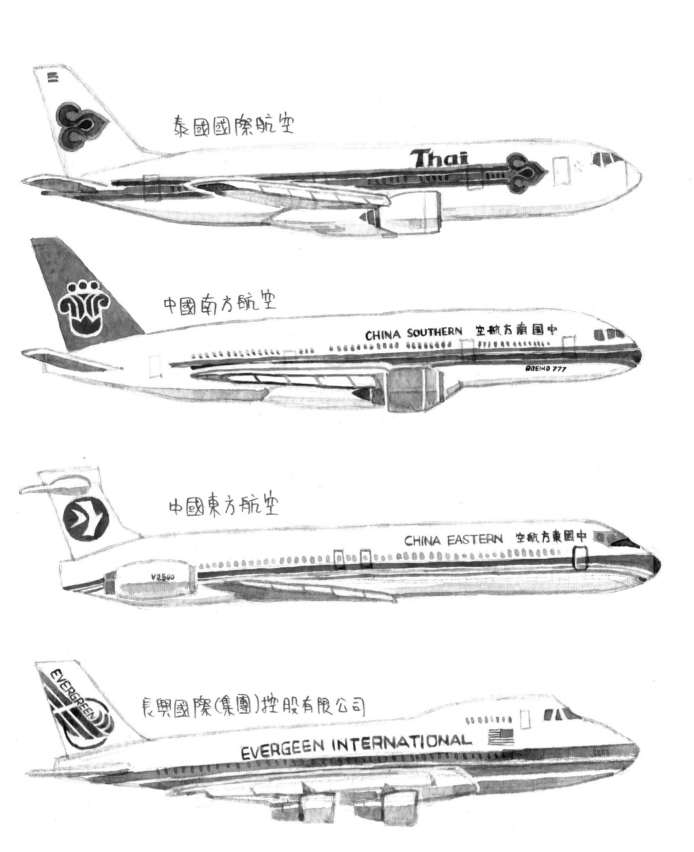

泰國國際航空

Thai

中國南方航空

CHINA SOUTHERN 空航方南國中

BOEING 777

中國東方航空

CHINA EASTERN 空航方東國中

V2500

長興國際(集團)控股有限公司

EVERGREEN

EVERGEEN INTERNATIONAL

33

34

隨着一九九八年赤鱲角機場落成，意味着啟德機場正式關閉，在前一年即一九九七年，開始吸引很多中外遊客來到九龍城拍照，尤其是影飛機。這個世界難得一見的情景，週末的時間路上有數百人拿着大小小的相機，有專業的長鏡單反相機，也有機身細小的「傻瓜機」，來為這個機場拍下「遺照」，當時我心想，有甚麼好拍，未見過飛機嗎？現在才知後悔。

當年電視直播了機場「熄燈」的一刻，就此，「啟德」正式完成它的歷史任務，從此整個九龍城都變得寧靜了很多，我反而覺得有點不慣。

在啟德機場正式關閉後，其實機場大樓曾改變用途，變成了保齡球場、卡拉OK和小型賽車場，你又知道嗎？

B

13 JAN 1993

x$1.80)

it One Only   №. 50151.

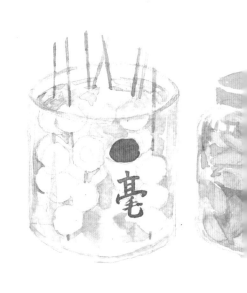

毫

消失的樂園

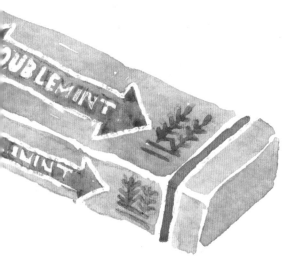

自從機場搬離九龍城之後，這裏變得寧靜了，由往日車水馬龍的城市中心，必經之地，漸漸變得冷清。九龍城存在一個致命傷，雖然前身是機場，交通網絡總算方便，但這裏尚未有地鐵系統連接，所以遊人未必會到九龍城遊覽；再加上香港人的生活模式轉變，大型連鎖店興起，地區老店的經營模式趕不上時代轉變的步伐，誰也難以抵抗時間巨輪，有不少老店相繼倒閉。

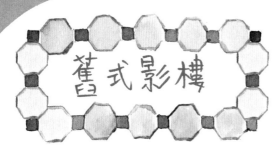

舊式影樓

上世紀八十年代的人很重視家庭觀念,重要時刻會到影樓,找攝影師拍下全家福。當時拍全家福是一件大事,一家人會穿上體面的衣服齊齊整整的拍照,之後要等候約一個月時間沖印,再到影樓挑選相片。一般會把相片曬大至8R大小,甚至12R,用漂亮的相架裱起,掛在家中的當眼處。

在外婆家就有一幅在影樓拍下的全家幅18R大相,用八十年代時興的水晶膠相架裱起。相中有我的外公、外婆、五個舅父、兩個姨姨;因為我們一家都跟外婆家很親近,所以我們一家四口都一起拍照,相中加起來有十多個人,真是很有大家族的氣魄,而相片的感覺隆重而溫馨。我們一家四口也另外拍下一張家庭照片,每次重看也覺得很開心,相中的父母親都很年輕,因為從前不太容易拍照,反而令到每一張相片更顯得珍貴,現在這年代還有幾多人會拍家庭照也不知道。

但隨着現今攝影技術已經非常普及,拍照甚至是泛濫,任誰都可以是攝影師。這個隨手都可以拿着手機拍照的年代,反而失去對家庭照、全家福的重視,又或者現在的人對家庭觀念的確沒有上世紀八十年代這樣重視,因而需求減少,現在想在九龍城再找到一間這樣有古典味道場景的家庭式影樓,可說是十分困難,基本上這裏的舊式影樓已經絕迹了。

合成士多

現在香港的士多已經買少見少，然而士多卻盛載着一代香港人的集體回憶和生活文化。隨着大型超級市場對市場的佔有率逐步增加，漸漸扼殺了士多的生存空間。士多總是充滿童年的回憶，綠寶橙汁、乖乖、汽水粉糖、五顏六色的冰條、眼鏡糖和一元扭蛋機等等，那種獨有的人情味正逐漸伴隨我們的童年一起消失了⋯⋯

合成士多位於衛前圍道盡頭的山坡上。這間在一九五六年開業的士多，中學時代我基本上每天都必定會經過，因為我早上要到合成士多對出的巴士站，乘搭7B巴士到何文田上學，時間大約是7點15分左右。在我「魂魄都未齊」的早上，勤勞的店主黃伯剛好會在那時開鋪，而當他整理好的時候，巴士已經把我載走了。

中學時代的我 〜

LITRE
Coke

Si-Si-Sic
Cream Sandwich Biscuits
Lemon Flavoured
嘉頓淡心餅

合成士多黃伯

每逢特別的日子，例如是學校考試或家長日之類，回校時間會比較遲，不知為何我總會幫襯一下這間士多。

黃伯給我的感覺是親切又幽默，他會和學生們打成一片，有說有笑，兩代人年紀相差數十年，但完全沒有代溝，間中還會「講爛GAG」。

店內擺放着黃伯親筆題的人生
金句，從前年少時不懂欣賞
這些基層獨有的人情特色，
現在回想起來這一筆一筆
的題字，卻成為我對九
龍城的回憶中充滿溫
暖的片段。

經歷五十多年的歷史洗刷，店內的舊地板階磚、頭
上的牛角扇都隨着歲月而老去。而合成士多因不敵
業主收舖，加上黃伯年事已高，決定退休，在二O一五
年正式結業，九龍城又少了一個充滿回憶的據點。
而現今商業的思維，幾乎所有事情都以金錢掛
帥，這些本土文化特色又剩餘多少呢？

國際百貨公司

有不少人認識「國際」為結業前的「國際超級市場」，但其實國際早期是「國際百貨公司」。記得小時候常去，地下是超市，樓上賣服裝用品。

國際百貨公司位於衙前圍道與獅子石道交界，是整個九龍城的中心地段，而整幢建築是一座戰前唐樓，因屋頂有一個星形的記號，所以人稱「星屋」。星屋跟很多九龍城的舊樓一樣，地下一層和二樓是店舖，而三樓或以上便是住宅。小時候覺得這樣的建築很特別，好像一座會變形的基地，等待機械人出動的時候就會動起來一樣，或許男生的童年就是會幻想這些動漫的情節吧。

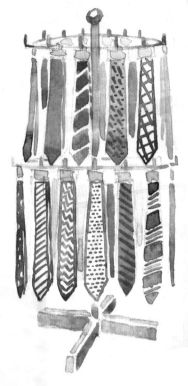

小時候經常到國際百貨公司買東西，因為國際最近最方便。記憶中第一次母親節送禮物給媽媽，小孩子本來錢就不多，所以只好到國際二樓的香水部，用利是錢買了一個「香水板」給媽媽，雖然不算是特別貴重的禮物；但我隱約感到媽媽是高興和感動的；而父親節，我當然不會厚此薄彼，我們又到男裝部買領帶給爸爸。其實爸爸很少結領帶，但小朋友總會送這些帶有象徵色彩的禮物給父母吧！回想起那條領帶的款式真是沒品味至極，哈哈。

到了上世紀九十年代，夜服部結束營業，只餘地下的超級市場，但生意一直下滑，最後也結業收場。國際百貨丟空多年，在二〇一二年更殼拆卸重建。這幢擁有戰前特色的建築，就這樣帶着我的回憶消失在九龍城的中心，實在非常可惜。或許只能在看舊劇集的時候，鏡頭影到國際百貨公司，才能回味它曾經風光一時的風采了。

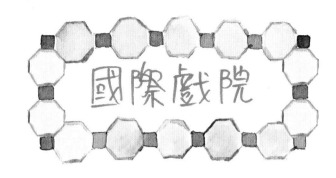

國際戲院

位於福佬村道的國際戲院與國際百貨公司屬一個業主，亦是當時九龍城唯一的戲院。順帶一提，國際戲院消失後，現在九龍城已經完全沒有戲院了。國際戲院是那種傳統的大戲院，分為堂座和超等，播放電影的時間也很有規律，如早場是上午10點45分，之後下午12點30分、2點30分、4點40分、7點30分、9點30分和午夜場的11點30分。

以前看電影是香港人的最大娛樂，
入場前戲院門前的小販檔往往是另一
個亮點，生炒栗子、焗栗米、煨魷
魚，還有甘蔗也能買到（現在真不明
白，如何可以一口咬下一枝甘蔗），
實在包羅萬有！

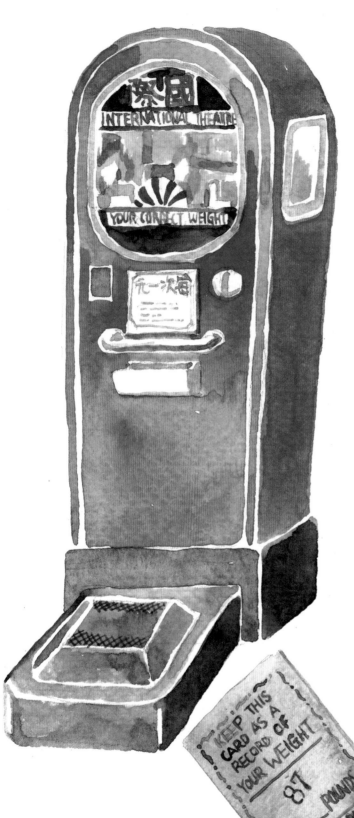

另外,在戲院大堂不知為何總
有一部電子磅,投入一元便可以
量體重。量度好的體重數字不是
顯示在磅上,而是從機上的一個口
跌下一張「磅數卡」。或許是因
為方便記錄下來,下次就能比較
體重吧。

另一個另類娛樂是欣賞掛在大堂的大型電影海報，最少有兩米高，而且全是人手繪畫。當時心想，負責繪畫的畫家真的很厲害，完全想像不到如何畫出這麼大幅的畫呢？其實到了現在也非常敬佩當年的高手，現在香港已經完全沒有手繪的大型電影海報了。

小時候父母因為覺得看電影不便宜，所以很少帶我們看電影，記得最後一次在國際戲院看電影，是四舅父帶我看由當時得令的「四大天王」中的劉德華、張學友和郭富城飾演的話題之作《超級學校霸王》。不久，國際戲院就結業了，原址重建為當時的九龍城第一代屋苑「成龍居」。

羊城酒家結業前算是巴內其中一間歷
史最悠久的老店，門面和店內的裝潢都
保留了上世紀六、七十年代的風格，但
因日久失修，所以較為殘破。從前所有
酒樓、酒家的門前必
有一檔報紙檔，「羊
城」也不例外。

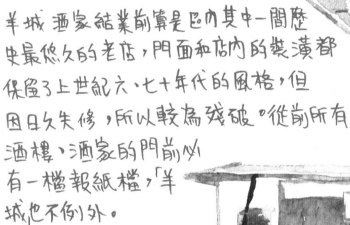

羊城主要是賣平價點心和盅頭
飯，平時顧客以上了年紀的基層
男士為主，大多是一個人或兩、三位
客人在一張大枱「搭枱」，大
聲說話聊天，看着報紙，
品嚐「一盅兩件」の蝦餃、
大包、雞扎和腸粉等舊
式點心一應俱全，以填
飽肚腹為主。店門前放
置了一架點心車，爸爸
買餸回來必經此地，有時
會買一些點心給我和弟弟作
下午茶，但其實那時候我們根
本不太喜歡吃那些舊式點心。如果買
回來的是炸雞腿之類一定會更開心。
但現在回想卻十分懷念那些大包的味
道。可惜羊城酒家在二〇一二年結業，
原址現在為一間藥房。

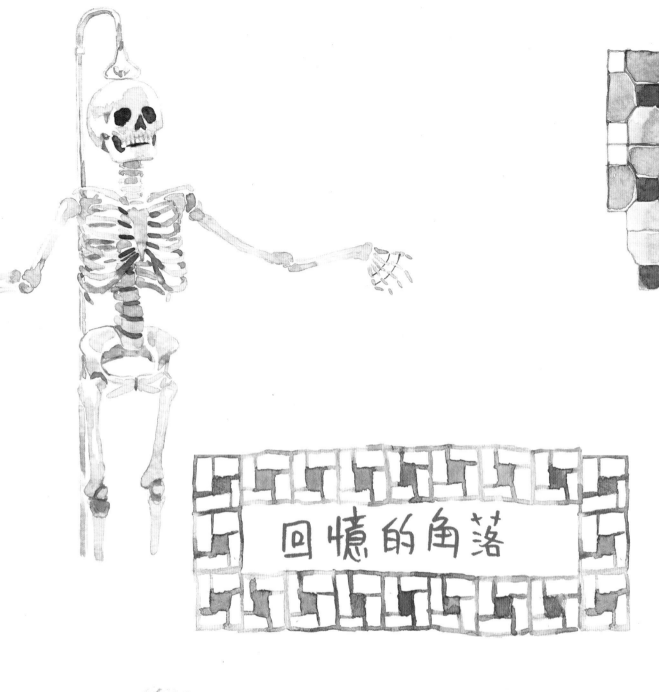

回憶的角落

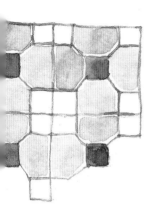

九龍城是我成長的地方,隨着時代的變遷,人和事每天也轉變,但某些情懷卻永遠停留在某個特定的時空,某些回憶永遠存在於一個不起眼的角落。

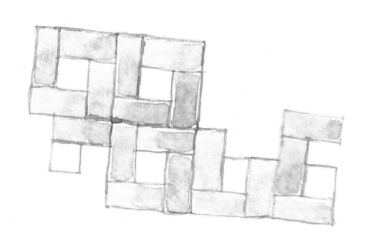

潮州菜館

我的家族是潮州人，所以對潮州菜特別喜愛，那份情也特別深厚。上世紀六、七十年代，「樂口福」與「陶芳」、「韓江」和昇平合稱九龍城四大潮州酒家，現在只剩下「樂口福」一家。

這四家酒家都是以高級潮州菜作招徠。其實潮州人是很
慳儉的，但每逢大時大節一定要一家人齊齊整整吃餐好，
而我家最常去的是「陶芳」。外公還在的時候
最喜歡去，生日去，做節去，吃魚翅、吃鵝肉，
很開心。我對「陶芳」有一份特別濃厚的感
情，雖然在上世紀八十年代已經結業，但
因為是外公最喜歡去的地方，一班人在
喜慶日子相聚，談笑風生，好不熱鬧。
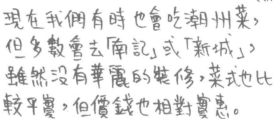
現在我們有時也會吃潮州菜，
但多數會去「南記」或「新城」，
雖然沒有華麗的裝修，菜式也比
較平實，但價錢也相對實惠。

到潮州菜館吃飯，在桌面
上總會有兩三碟前菜，通
常是花生和菜脯。其實小時
候對這兩樣前菜都不會特別喜
歡，但是總會吃光，原因有
二：其一，這些前菜是有收
費的，姨姨說不能浪費；其二，
這些潮州菜館上菜的速度一般
都很慢，但肚子已經很餓，直
到把這些花生和菜脯都吃光，
才施施然把主菜呈上。

那時潮州菜館的裝潢十分堂皇，到處都是木雕的獅子和字畫，在大堂一段都有以紅色小燈泡為雙眼的大龍鳳大型木雕，而且還會擺放福祿壽三星寓意添福添壽，用的枱椅都是雕有龍鳳的花梨木，極盡氣派。

在「陶芳」的快樂時光和公公的笑容永遠留
在我的記憶中，雖然他已經在我升
小學四年班的那個暑期離我們而去了。

龍珠商場

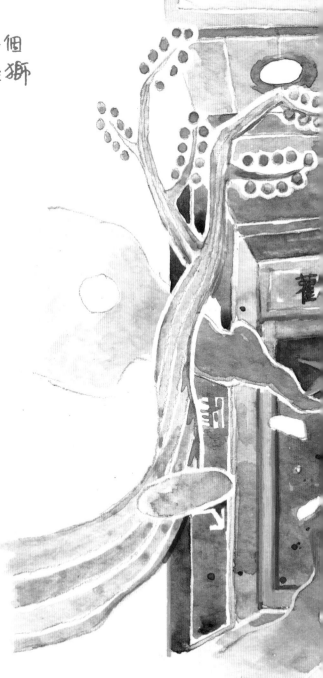

龍珠商場在我的年輕時代佔據一個非常重要的位置。龍珠商場位於獅子石道與太子道西交界，是一個連地庫與地下一共四層的舊式小型商場，樓上是住宅。上世紀九十年代，商場內有各式各樣的店舖，有模型玩具、漫畫租書店、NBA球衣用品店，但最多最齊一定是電玩遊戲店。對我們九龍城區學生來說，這裏就是一個九龍城區的「信和」，是放學必到的蒲點！

中學時代，男同學基本上都會玩遊戲機，那時正值是超級任天堂最輝煌的時代，幾乎每天都有新遊戲推出，所以每天放學經過此地都像有一種魔力把我吸進去。

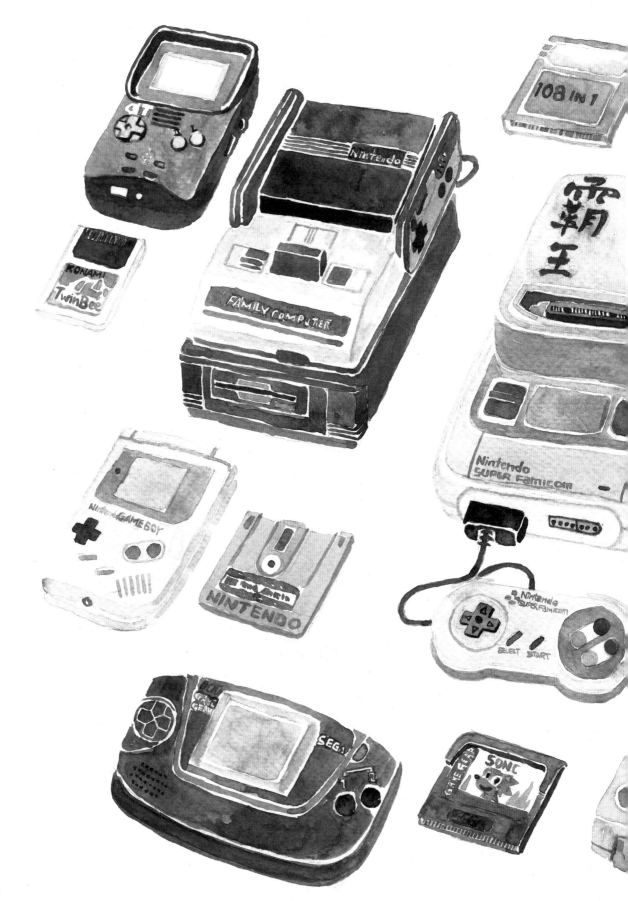

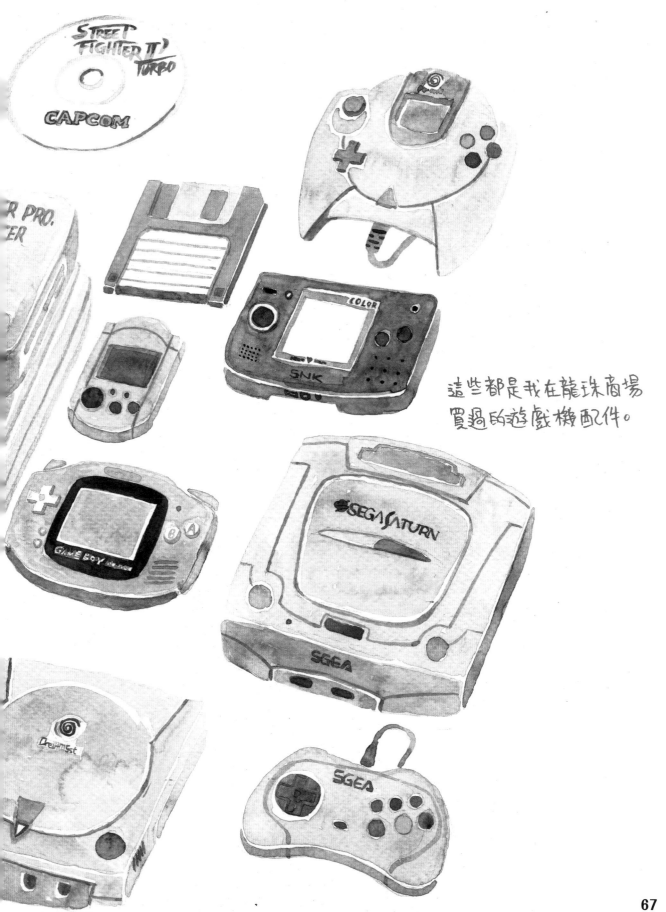

這些都是我在龍珠商場
買過的遊戲機配件。

那時候香港玩家玩電子遊戲，一般都是翻版遊戲的，只要在主機上再加一部「Doctor」就可以用非常便宜的方法玩遊戲，即是「抄碟」。當時一個翻版遊戲大約只需幾元至四十元左右，而正版遊戲帶再便宜也要二百元起，不是每個學生都負擔得起，所以大家都會去這些地方「抄碟」，和買那些台灣翻譯的中文版攻略本。當然，玩翻版是不合法的，但那時「龍珠」真是一個年輕人的天堂。

記得那時跟某一兩間店特別相熟，有時會幫那些店到同場的其他店「抄碟」，因此他們就會擁有這遊戲的「種」，又可以販賣給客人，而我的報酬是得到一隻免費的遊戲。

雖然龍珠商場仍然存在，但基本上已經完全沒落，
如果現在才第一次到此地，大概不會感受到從前的風
光了。隨着 Playstation 的興起，再沒有「老翻」，
這個商場也漸漸沒落了，現在十室九空，只餘下三樓
一間賣正版遊戲的店，其他都是零星的修甲店和改衣
店在經營，場面實在有一點悲涼。

陳仲煇跌打

相信很多人都試過到跌打醫館求
醫，我也不例外。在十年前，我有
一段時間打棒球，因為看日本漫畫
太多，自覺這項冷門運動非常有型和
熱血，在腦海中自製浪漫故事片段。
但自小很少運動的我，在一次比賽中
受傷，傷及肋骨組織，回家後非常
疼痛，本來不想媽媽擔心和怪責也忍
着痛楚，不說出來，但是忍了一個晚
上，第二天早上還是去了醫院看西
醫，但是效果也不是太過顯著，最
後還是要到跌打醫館求醫。

整個醫治期長達一個月，隔天就到醫
館敷藥，醫師會先幫我用藥酒按摩，
再把熱騰騰的藥膏塊敷上患處，然
後再用繃帶包紮，雖然過程不好受，
但是這裏留有我青春汗水的氣味呀！
其後漸漸覺得棒球這運動有一定
危險性，作為一個以繪畫為生的插畫
師，右手受傷的話就非同小可，連開
飯也成問題，所以漸漸再沒有打棒
球了。

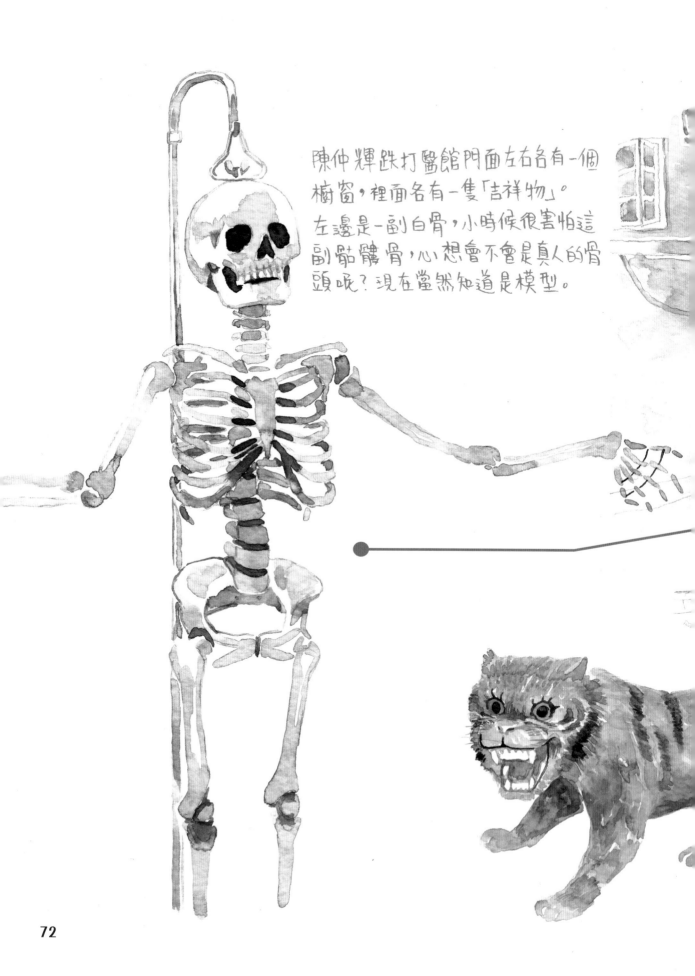

陳仲輝跌打醫館門面左右各有一個
櫥窗，裡面各有一隻「吉祥物」。
左邊是一副白骨，小時候很害怕這
副骷髏骨，心想會不會是真人的骨
頭呢？現在當然知道是模型。

而右邊櫥窗有一頭小的老虎標本，相信是真標本，令人害怕，但兩樣東西加起來確實有點氣勢，令這間醫館有值得信賴的感覺。

另外，在陳仲輝跌打醫館旁邊有一條小巷，巷中有一個木搭檔，是上海老師傅開的理髮店，我小時候就在這裡剪髮。

等待剪髮的時候，我和很多人一樣，在理髮店內第一次接觸到老夫子漫畫，更可能是我第一次接觸到漫畫也未定，雖然說不上非常喜歡（我還是比較喜歡看叮噹，即現在的「多啦A夢」多一點），但仍覺得當中的故事很有趣，如「耐人尋味」和「出人意表」等等。終於到剪髮的時候，理髮師傅在傳統日本製的理髮椅上兩個扶手中間加上一塊木板，我就坐上木板上，圍上大圍巾剪頭髮。我因為很害怕會被剪到皮膚，所以通常都像點了穴一樣，不敢亂動。

師傅用不同的剪刀幫我剪髮,也會用到電剪刀和剃刀,而小孩子一般都很少會即場洗頭,所以師傅用掃把爽身粉掃在頸上,把大圍巾除下,整個剪髮過程就完成了,通常剪兒的髮型都不會滿意,但總是投訴無門。

後來,相信因為木搭檔是僭建的,理髮店搬到附近的小店經營,再過一段時間,不知道甚麼原因,這小店再沒營業了。

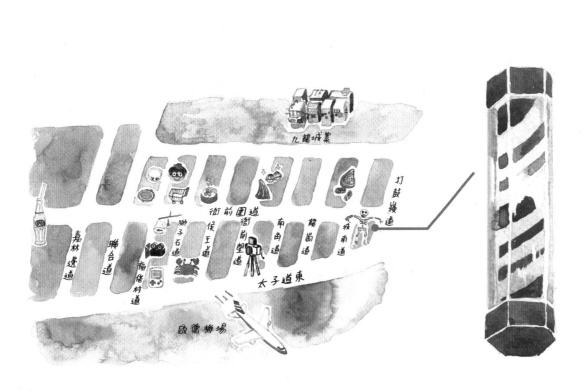

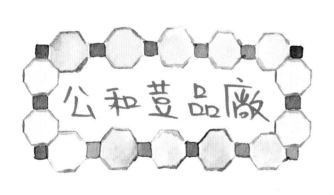

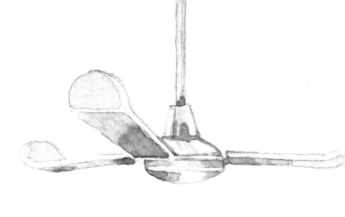

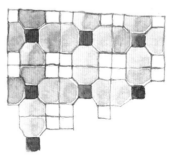

很多人都認識「公和」，到九龍城也會去吃碗豆腐花，連發哥（周潤發）也是熟客；也有不少人寫過或畫過公和，但感情未必比我多，因為小時候我家正正在「公和」的對面，差不多每天都看着它開舖，也看着它拉閘。

現在「公和」仍保留舊日地板的紙皮石、瓷磚和牌匾，懷舊的氣氛濃烈，唯獨已不是使用當年那些鐵造的枱椅。當年移動鐵椅時，椅腳與地上的紙皮石摩擦會發出巨響。現在雖有點美中不足，但可以保留八至九成當初的模樣已經叫人非常感動。

八十年代，豆製產品不像現在有煎釀三寶等多種製法，基本上只有幾種，包括豆漿、豆腐、豆花和腐乳。

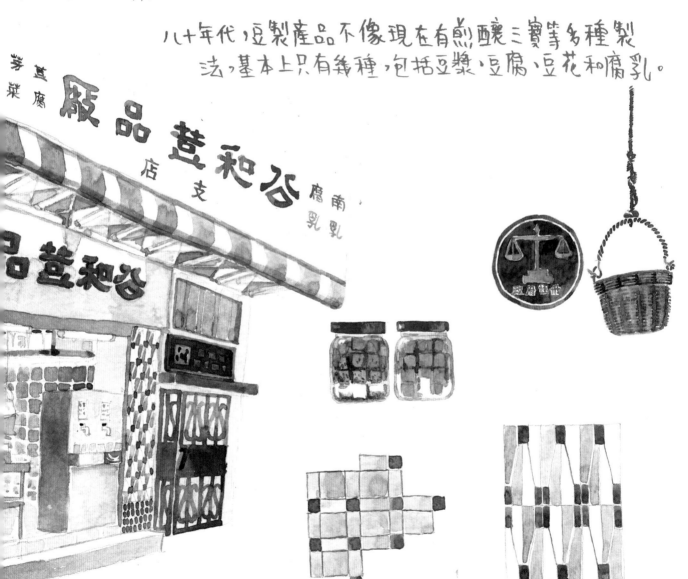

芛荳菜廍 廄品店

小時候的週日下午，沒有太多事可做，電視播着兒童看不明白的動畫《相聚一刻》。我身處福佬村道的唐樓舊居四樓的梯間，梯間的建築結構有一些空隙，從這裡能清楚看到公和舖面，有一道黃昏的光線斜斜地照着，彷彿能嗅到那裏飄過來的淡淡豆花清香。那時就會跟媽媽嚷着要吃凍豆花，但往往都是失敗而回。

夏天喜歡在「公和舖」內吃凍豆花，雖然店內沒有冷氣設備，但在頭上有幾把大吊扇，加上全店都鋪滿紙皮石，感覺比冷氣更涼快。點過餐後，伙記從雪櫃拿出預先冷凍了的凍豆花，連碗也是冰凍的，當第一口吃下，有時因為過凍，頭會有點痛，但同時又有種「過癮」的感覺，真是透心涼。而且公和的豆花很滑，很喜歡加大量糖水，很甜，很好吃。我有一個習慣，吃到一半的時候會用匙羹打碎豆花，就會好像天上的浮雲一樣美麗。因為是豆的製品，比起雪糕，感覺上相對健康，父母會比較樂意帶我們吃。

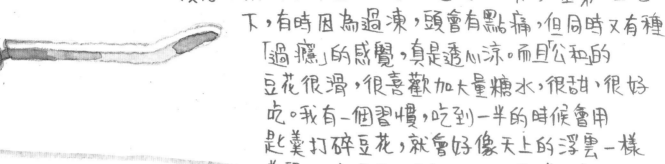

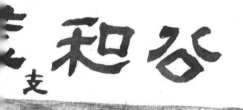

最近公和荳品廠入選米芝蓮，不過因為一直持有的是食物製造廠的牌照，不能堂食，近月被多次檢控，被迫要改用即棄餐具，但依舊有不合格的地方，相信當局會繼續跟進。另外，附近的收樓重建已接近完成，只餘下數間店舖，在「左右夾攻」的情況下，「公和」的前景可謂甚不樂觀，希望公和能夠堅持下去，否則童年回憶又會再缺少一塊。

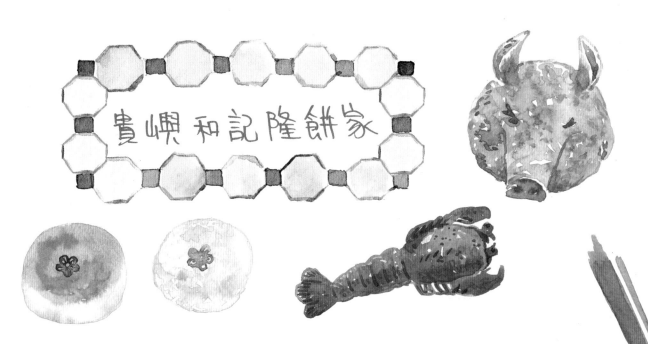

貴嶼 和記隆餅家

相信我的基因本身就嗜甜，有些人會覺得潮州餅過甜而且很乾，
我卻很喜歡。因為生於潮州家庭，自小外婆家便會以糖、餅來祭祖。
雖然從前外婆會自己動手做潮州的「菓」，家中也有製作用的模具，
但外婆年事已高，製作也很麻煩，近年已經沒有自己做了，況且有些糖
餅也是家中做不到的，所以「和記隆」的唐餅真的從小吃到大。

「和記隆」差不多是香港最有名的潮式唐餅家，但在九龍城就有好幾
家「和記隆」，家中長輩說，只有大門有龍有鳳，燈火通明的才
是正舖。家人說其他和記隆是其家族分拆出來的，我們家一直都
只是光顧 貴嶼和記隆餅家。記得有一次舅父買錯了另一家的
餅，我們這些後輩未必懂得分別，但長輩尚未吃下已知不是老
舖的出品，十分厲害。

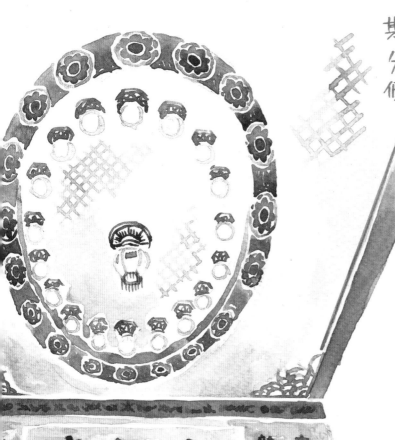

其實與「和記隆」還有一點點緣分，在我還在念設計的時候，個別有幾位老師已頗為欣賞我，一次，其中一位老師接到「和記隆」的工作(雖然不是正舖)，為即將開幕的新分店設計，他竟然找我幫忙設計和畫舖面的圖，當時真的十分高興，一來得到老師的賞識，二來還是為一直都熟悉的「和記隆」而做，所以倍加賣力。

這是我的第一份「Freelance」。畫一張A3大小的手繪舖透視圖，一晚時間就賺取三千元稿費，以一個十來歲的學生來說是十分可觀，那時真的覺得前途一片光明，沒有入錯行！不久後就遇到整體經濟不景氣，從此設計這行業就沒這樣的風光，不得不面對現實了。

我在前作《土製手藝》中寫過的主題「潮式糖塔製作」中，提及的就是
貴嶼和記隆餅家。除了糖塔外，「和記隆」還有很多不同的餅、糕、菓、
糖，我特別偏愛潮式綠豆月餅，而媽媽就最喜歡他倆家的花生糖。

雖然近年「和記隆」的包裝設計已經全面改革，但我還是比較念舊，
覺得有龍鳳圖案的舊包裝盒最美觀，就是喜歡這種中國傳統的風
格。店舖的大門都一樣經過修葺，可能是舊的裝飾相對較難保養
的關係，店外頭上的舊式燈泡消失了，令人婉惜。

潮發雜貨與金城海味

潮發白米雜貨

潮發白米雜貨

潮發雜貨與金城海
大樓對面，都算是九龍城街
羅萬有，本地的、外國的、上海的、潮州
來到這裏買餸。幸運的話，還可能會見到

童年有一個習慣，如果父母去街市買菜，我也會跟他們一起去。一般小朋友都怕街市又濕又腥，我卻不怕，因為每次都能觀察到菜販和顧客微妙獨特的溝通方法，大聲叫賣，還看到很多平時看不到的牲畜。這些街市面貌五光十色，很精彩。

金城海味

金城臘味海產

金城海味臘味雜貨

臘味雜貨

兩間店鋪在九龍城市政
部分。九龍城街市非常有名，勝在食
材都一應俱全，而且十分新鮮，所以很多人都由區外
周圍嚟），到時就可以「野生捕獲」他了！

話說「潮發」是一間潮式雜貨舖，售賣很多特色東西，因為他們專營潮式食品，平常不太容易找到的都會在這裏找到，例如我最愛吃的蝍蚅和薄殼，這些食品對本地人來說都比較陌生。我們潮州人會在這裏買鹹菜來配白粥吃，一大煲白粥就會由朝食到晚，而且大家都是「自己人」，同聲同氣，感覺特別親切。

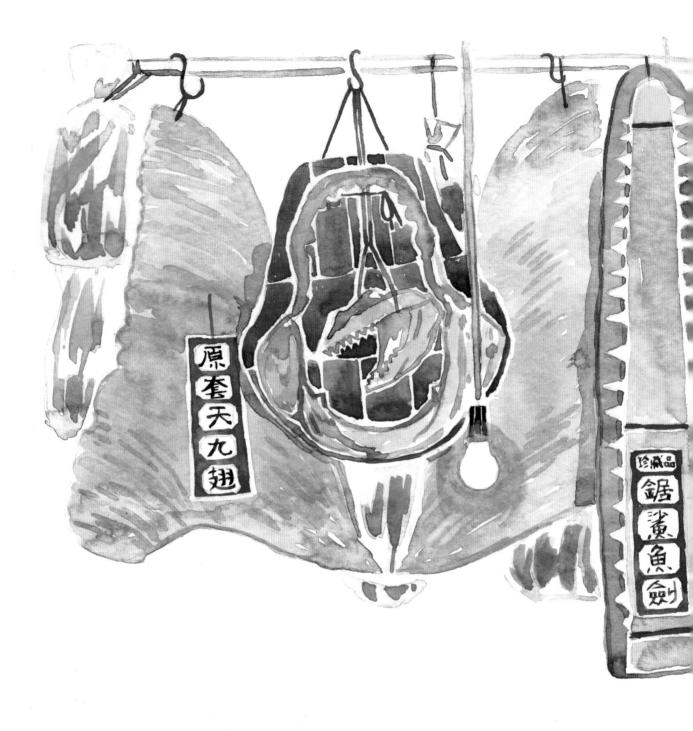

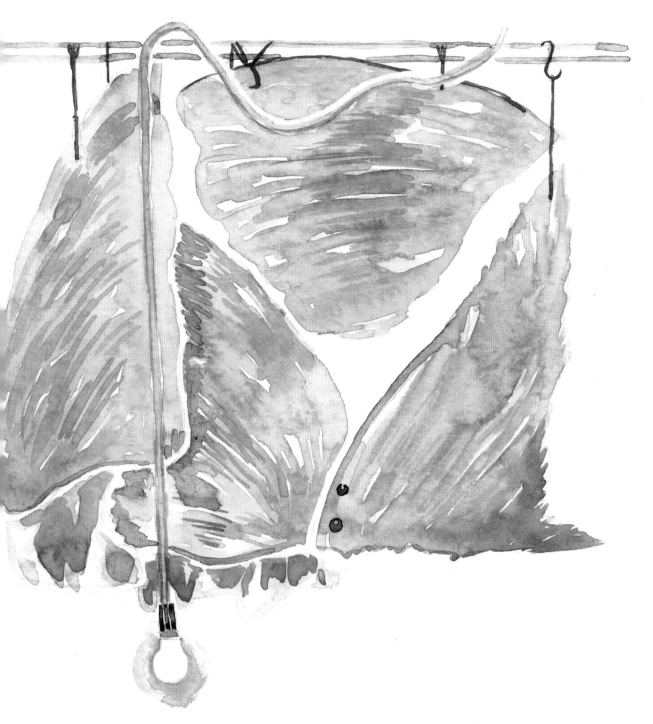

在「潮發」隔壁的金城海味，是典型的本地海味老店，賣的都是頂級食材，門口掛着那些三呎長的金山勾翅和鯊魚鋸齒，真的很有氣勢！當然，今時今日我們已經不再鼓勵大家吃魚翅，而且我相信這些都只是當作招牌，不會出售的。除此之外，「金城」還有很多優質海味，如大花膠和海參等。

新城門藥行

小時候弟弟患有哮喘，晚上總是難受，不能入眠，經熟人介紹在「新城門藥行」求診，看中醫。

過去半世紀以來，新城門藥行每天從早到晚都排着長龍。由內到外，男女老少，一律等着籌等待接受中醫治療，少說也許要等上好幾個小時，當中不少常客是名人。即使等候時間長也有那麼多人慕名而來，只有一個原因，就是藥到病除。

而且「新城門」堅持用上等貨，藥材是明亮和完整，不會「散修修」的，執藥的師父最少有四至五個人，相對求診的隊伍也不會短得去哪裡。

弟弟通常晚上去求診，雖說多人，但也沒有現在這麼誇張。當時中醫問症和把服後，通常都會說他是「濕熱滯」（其實說完都不知是甚麼），就會開一張像「鬼畫符」般的藥方；其中一位執藥師傅（也是藥房的老闆），因為鼻子大而帶點紅色，所以人稱「紅鼻佬」，他看了藥方後，從「百子櫃」執出相應的藥材，一邊跟我們聊天，一邊用秤量稱份量，用大張白紙包起藥材，然後用橡皮筋綁住，再用紙皮袋裝着。我和弟弟當然不喜歡中藥材那苦澀的味道，但還是會忍耐。因為我們最期待的時刻終於來臨，老闆會給我們一筒山楂餅！小孩子很容易滿足的，收到山楂餅就會珍而重之，這樣簡簡單單的小事就已經很開心了，也充分表現老一輩對街坊的一份人情味。弟弟漸漸長大後，哮喘也「斷尾」了。

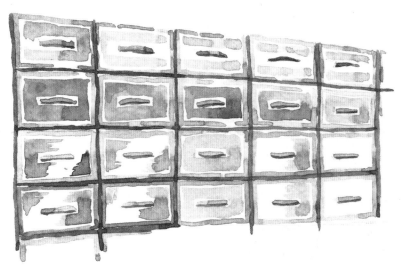

切斷藥材的鍘刀，聽說最少
都有數十年歷史了，有些
比較大片的藥材，會用這把
又大又重的金屬鍘刀把藥才
切斷。因為鍘刀有一定的重
量，所以切多硬的藥材都
像斬瓜切菜一樣容易。

豪華餅店

九龍城那麼多店舖當中，要數光顧得最多的應該是「豪華餅店」。豪華餅店於上世紀七十年代開業，在高峰期每日賣三千多個豪華最馳名的酥皮蛋撻，在那細小的門口外經常大排長龍。

幾十年來「豪華」都跟它標誌式的花花蛋糕盒一樣，沒有
甚麼大改變，麵包和蛋糕的種類都跟開業初期差不
多，車輪包、十字包和紙包蛋糕，雖然他們的蛋撻很
有名，但是我還是最喜歡三文治蛋糕，因為如果吃
蛋撻我比較喜歡吃「餅皮」多於「酥皮」。當麵包新
鮮出爐的一刻，香氣四溢，飄揚三、四條街，這些香
氣就是最好的宣傳。近年區內開了不少新派餅店，但
是豪華還是屹立不倒，只因他們做的麵包好吃，而且
堅守傳統，很多傳統的包餅款式在其他地方已經很少
找得到了。

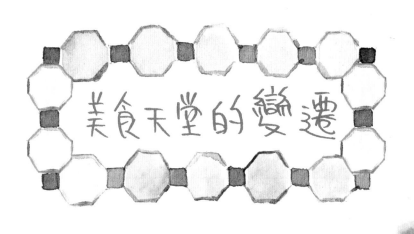

美食天堂的變遷

眾所皆知九龍城是個美食天堂，以前九龍城的美食很多樣，潮州打冷、廣東小炒、沙嗲火鍋、日本菜和韓國菜等等，只要想得到的都有，但近十年起了變化。

現在只要一提到泰國菜，自然就想到九龍城。其實在上世紀八、九十年代九龍城已有幾家著名的泰國菜館，「黃珍珍」、「昭拍耶」、「泰農菜館」和「金寶」算是先頭部隊。

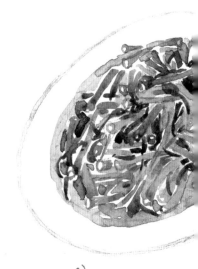

上世紀六、七十年代，九龍城是潮汕人的集中地，近十年間已由泰國移民取代其位置。泰國菜在九龍城開得成行成市，而且這裏不只泰式餐廳特別多，泰國人也經營了好幾間泰式雜貨店，售賣分袋式包裝的咖哩、香料和泰式麵條連配料等。每年四月是泰國的新年，九龍城還會封路舉行潑水節，整條城南道好像變成「小泰國」一樣。

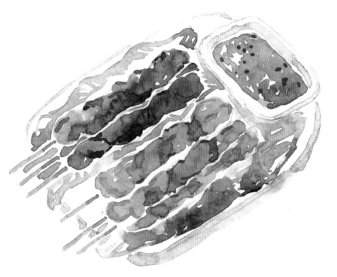

我最愛的泰國菜式倒比較傳統，如菠蘿炒飯、串燒和魷魚筒，但最愛的是未必每一間泰國菜館都有提供的泰式蟛蜞，有時覺得甚至比潮式製法更好吃！

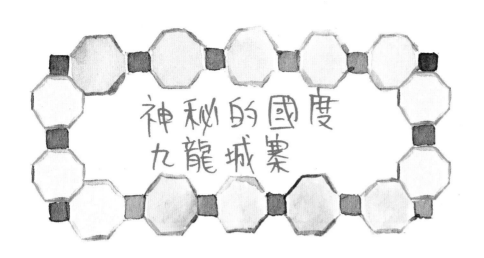

神秘的國度
九龍城寨

我以前住在福佬村道，與九龍城寨可說是一街之隔，過了賈炳達道基本上就是城寨。

九龍城寨曾一度是全球人口密度最高的地方，因為擁有特殊的歷史背景，又稱為「三不管地帶」，香港、英國及中國內地三方的政府都無法管治。城寨所建的房屋毫無規劃，更有大老鼠和蟑螂出沒，而且更成為罪惡的溫床，黑幫勢力的集結地。

一直都覺得城寨是個神秘而帶點危險的地方。自小媽媽就對我們說，不要進入城寨範圍，因為她有一次到城寨探朋友，在街上看到一個男人竟然明目張膽地用針筒吸毒，嚇得她馬上逃跑。我聽見也害怕起來，所以平日不敢貿貿然進入城寨。

W6/7 →

68

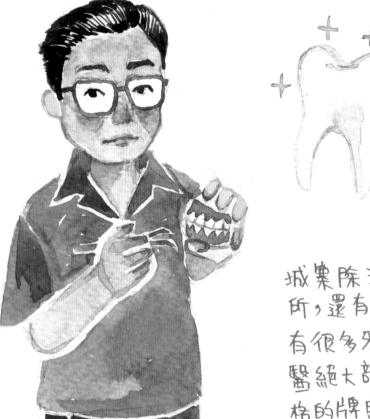

城寨除了有不少不法場所，還有一大特色，就是有很多牙醫診所。這些牙醫絕大部分都沒有合資格的牌照，但就是因為「三不管地帶」，誰也沒辦法去管。不過這些無牌牙醫仍然生意不斷，因為一個字：「平」。

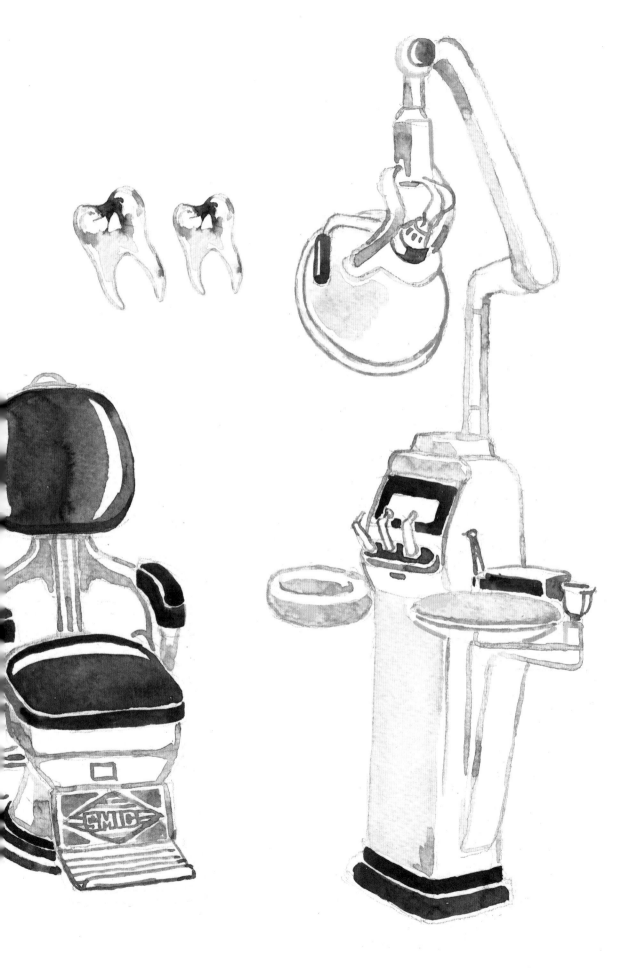

由於城寨問題過於嚴重，亦沒有經過城市規劃，於是中英政府在上世紀八十年代就決定出手，並在一九九三年完全將之拆卸，並在原址興建了九龍寨城公園，與我們小時候常常去玩，隔鄰原有的賈炳達道公園合併，成為九龍城的一個大公園。

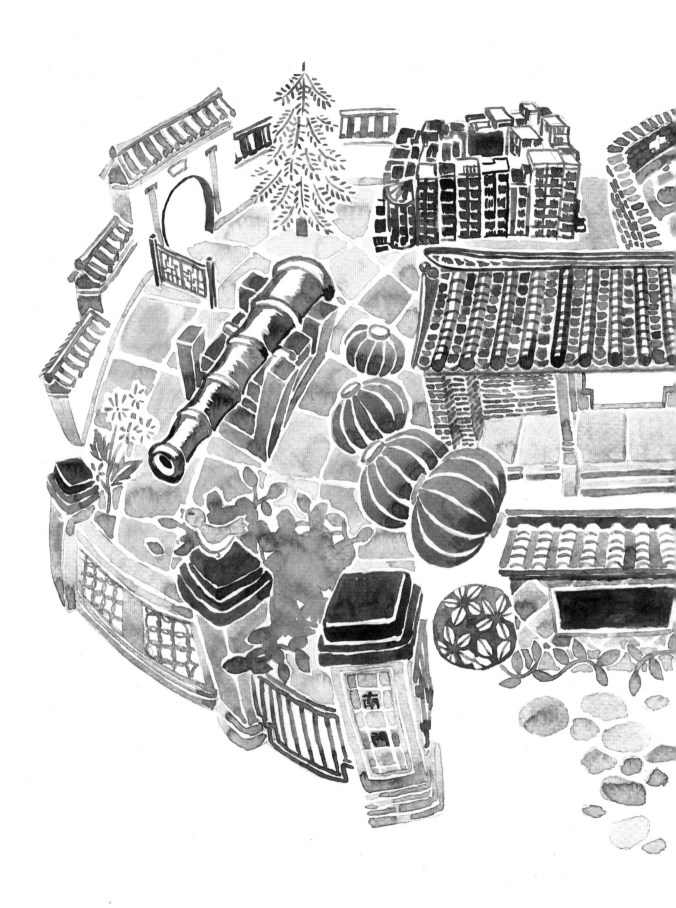

九龍寨城公園以一所
復修的衙門為中心，衙
門內設有展覽，介紹寨
城的歷史和公園的興建過
程。我早前就特地去看過，
只有零星的外國遊客參觀，
相信很多香港人都不知道這裏
有一個這樣的展館呢！其實城寨
對於香港來說是一個非常特別的地
方，我們應該好好認真認識這個曾
經世界知名的「暗黑之城」。

在這些日子裏，婆婆一直陪着我成長、養育我，所以我把這本書獻給我最親愛的婆婆。

009

香港藝術家，自小喜愛文化藝術，其作品深受日本及歐
洲等地影響，風格處於真實與幻想之間，題材主要探索
人的心理，以自然環境為背景，獨特而且流露出溫暖的
感覺。他曾推出不同立體作品和繪本作品，過去在香港
舉行了多個藝術聯展，二〇一七年六月更在台北舉辦
「交換靈魂」個人畫展。曾跟多個品牌合作，推出不同
插畫作品，今後他會繼續從「心」出發，發表更多溫暖
人心的作品。

臉書專頁：
http://www.facebook.com/009artwork

責任編輯	周怡玲
書籍設計	M.M.

書　　名	龍城雲集
著　　者	009
出　　版	三聯書店（香港）有限公司
	香港北角英皇道四九九號北角工業大廈二十樓
	Joint Publishing (H.K.) Co., Ltd.
	20/F., North Point Industrial Building,
	499 King's Road, North Point, Hong Kong
香港發行	香港聯合書刊物流有限公司
	香港新界大埔汀麗路三十六號三字樓
印　　刷	中華商務彩色印刷有限公司
	香港新界大埔汀麗路三十六號十四字樓
版　　次	二〇一七年七月香港第一版第一次印刷
規　　格	大十六開（196mm×258mm）一二〇面
國際書號	ISBN 978-962-04-4190-5

三聯書店
http://jointpublishing.com

JPBooks.Plus
http://jpbooks.plus

土製漫画 系列（現已出版）